LE Cᵀᴱ DE BRAYER

SOUVENIRS

POÉSIES

M · L

PARIS

MICHEL LÉVY FRÈRES, ÉDITEURS

RUE AUBER, 3, PLACE DE L'OPÉRA

—

LIBRAIRIE NOUVELLE

BOULEVARD DES ITALIENS, 15, AU COIN DE LA RUE DE GRAMMONT

—

1875

SOUVENIRS

Paris. — J. CLAYE, imprimeur 7, rue Saint-Benoît — [578[

LE Cᵀᴱ DE BRAYER

SOUVENIRS

POÉSIES

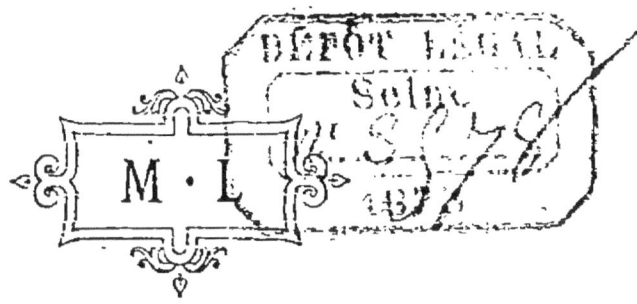

PARIS

MICHEL LÉVY FRÈRES, ÉDITEURS

RUE AUBER, 3, PLACE DE L'OPÉRA

LIBRAIRIE NOUVELLE

BOULEVARD DES ITALIENS, 15, AU COIN DE LA RUE DE GRAMMONT

1875

MA PENSÉE

MA PENSÉE

Dans la demi-clarté d'un frais matin d'automne,

Quand sur les gazons verts la brise qui frissonne

    Sème des perles de frimas,

Si j'aperçois au loin une brume légère,

Flottant comme un fantôme au-dessus de la terre,

    Qu'elle n'effleure même pas...

C'est toi dont je crois voir l'image, ô ma pensée,

Dès l'aube c'est ainsi que tu t'en vas, bercée

Sur l'aile des songes heureux;

Les rayons du soleil te colorent à peine,

Et par les prés fleuris, ta forme aérienne

Monte, tremblante, vers les cieux.

LA MUSE ET LE POËTE

LA MUSE ET LE POËTE

LE POËTE.

Toi dont je suis esclave et maître,

O mes amours,

Me faudra-t-il ainsi toujours

Muse, t'aimer sans te connaître?

Forme invisible, auprès de moi

Quand tu te poses,

Un souffle s'exhale de toi,

Frais comme le parfum des roses;

Portes-tu sur ton corps divin

Une tunique

Dont la trame est faite du lin

Qu'on file aux campagnes d'Attique ?

Enroules-tu dans tes cheveux

Un diadème

Qui resplendit de moins de feux

Que ta blonde tresse elle-même?

Tes traits, dis-moi, ressemblent-ils,

O ma déesse,

Aux lignes pures des profils

Sculptés sur les temples de Grèce?

Ou des vieux maîtres florentins

Chaste modèle,

As-tu le nimbe d'or des saints,

La harpe de l'ange et son aile ?

O toi, dont je suis pour toujours

Esclave et maître,

Dois-je, ô ma Muse, ô mes amours,

T'aimer ainsi sans te connaître ?

LA MUSE.

Dans les clartés d'un ciel serein,

Dans la nuit sombre,

Ami, tu me cherches en vain,

Car je ne suis pas même une ombre!

Je suis la brise des forêts;

Le vent sur l'onde,

Entraînant la vague profonde

Aux pieds des pins et des cyprès.

Je suis la femme qu'on adore

Ou qu'on n'a pas,

Celle que ravit le trépas

Ou celle que l'on cherche encore!

Je suis tour à tour le bonheur

Et la souffrance,

J'ai des cris pour chaque douleur

Et des chants pour chaque espérance!

Rien ne m'arrête en mon essor,

J'emplis l'espace...

Et tout est grand par où je passe,

Qui j'aime peut braver la mort;

Car le souffle ardent qui féconde

Ton jeune cœur,

C'est le souffle générateur

De l'âme éternelle du monde !

L'ENFANCE

L'ENFANCE

Quand j'errais dans l'ombre profonde
Qui flotte sur les jeunes ans,
L'instinct dans les sentiers du monde
Dirigeait mes pas chancelants.
J'écoutais, sans la bien connaître,
Sa voix qui remplissait mon être
De calme et de sérénité,
Et mes jours tombaient goutte à goutte
Comme de la céleste voûte
La rosée, aux beaux soirs d'été.

L'heureuse et paisible ignorance

Voilait sous un brouillard d'azur

Mes yeux qui de la terre immense

N'apercevaient qu'un coin obscur ;

Parfois de noires hirondelles

M'effleuraient de leurs longues ailes

Mais ne se posaient pas sur moi :

C'était les tristesses humaines

Émigrant vers les sombres plaines

D'un monde où le malheur est roi.

Confiant dans cette nuit pure,

Et ne connaissant pas le jour,

Mon cœur prenait, dans la nature,

L'ombre pour un manteau d'amour,

Et si quelque étoile rapide,

Traversant soudain le ciel vide,

Allait s'éteindre à l'horizon,

Mon œil se détournait à peine

Pour suivre la trace lointaine

Qui laisse son brillant sillon.

Les mille bruits qui dans l'espace

Flottent en vagues tourbillons,

La grande voix du vent qui passe,

Prenaient corps dans mes visions.

L'impalpable senteur des choses

Derrière mes prunelles closes

Se moulait en mille contours,

Et cette poussière d'atomes

2.

S'agitait comme les fantômes

D'un soir qui doit durer toujours!

Bientôt, hélas! elle s'achève

L'heure qui précède le jour,

Quand pour la dissiper se lève

Le soleil du premier amour!

O trop courte nuit de l'enfance,

Pourquoi la froide insouciance

Nous cache-t-elle ta douceur?

Et pourquoi nous faut-il attendre

Pour t'aimer et pour te comprendre

L'aube qui te chasse du cœur?

PREMIÈRES AMOURS

PREMIÈRES AMOURS

O jours lointains bénis des dieux,

Où sous le pouvoir de tes yeux

    J'aimais à vivre,

Nous étions à ce doux instant

Où, candide encore et constant,

    Le cœur se livre.

Tel un frais matin, qu'en été,

D'une vague et blanche clarté

L'aube colore,

Tel l'amour, sur nos jeunes fronts,

Se parait des chastes rayons

De notre aurore !

Nous marchions, nous tenant la main,

Sous les rameaux du gai chemin

De la jeunesse,

Où les oiseaux, dans les buissons,

Exprimaient en mille chansons

Leur tendre ivresse ;

Devant nous flottaient dans les cieux

Tous les fantômes gracieux

De nos beaux songes,

Ce qu'ils disaient semblait charmant,

Hélas! et ce n'était vraiment

Que des mensonges...

Mais nous n'en savions rien encor.

Nos désirs étaient, comme l'or,

Purs, sans mélange.

Le mal ne les ternissait pas;

Nous cherchions les fleurs d'ici-bas

Jamais la fange!

Arrête, disions-nous au temps,

Laisse-nous de notre printemps

Goûter les charmes,

Un peu de bonheur est si doux...

Bien assez tôt viendra pour nous

L'âge des larmes !

Mais le temps ne l'a pas permis !

Notre pauvre amour fut soumis

Aux lois communes,

Il a brûlé, puis s'est éteint,

Ainsi qu'un phare le matin

Au bord des dunes!

Et depuis ces jours où j'aimais,

Mon âme garde à tout jamais

Un vide immense,

Car le souvenir le plus beau

N'est rien près du moindre lambeau

D'une espérance.

L'AMOUR PIQUÉ

IMITÉ D'ANACRÉON

L'AMOUR PIQUÉ

L'Amour s'était endormi

A demi,

Ainsi qu'un dieu doit le faire.

Par un frais et gai matin,

Le bambin

S'était enfui de Cythère.

Les zéphyrs capricieux

Dans les cieux

Fatiguant son aile tendre,

Bientôt sous un rosier blanc

Fleurissant,

Le petit dieu vient s'étendre.

A voir son minois joufflu,

On eût pu

Le prendre pour une rose,

Une abeille y veut poser

Un baiser

Et pique sa lèvre close.

L'Amour s'éveille, implorant

En pleurant

Les tendres soins de sa mère;

Vénus justement passait,

Car on sait

Qu'elle a partout quelque affaire.

L'enfant se jette en ses bras :

« Mère, hélas!

« Souffre-t-on douleur pareille?

« Je crois que, si je pouvais,

« Je mourrais,

« Tant m'a blessé cette abeille! »

— « Amour, amour, ô mon fils,

Dit Cypris,

« Par ces légères souffrances,

3.

« Juge, enfant, de la douleur

« Qu'en un cœur

« Causent les traits que tu lances! »

SOUVENIR DE VOYAGE

SOUVENIR DE VOYAGE

Ami, te souvient-il de notre long voyage?

Gardes-tu comme moi l'ineffaçable image

     De tous ces pays parcourus?

Dans nos chers souvenirs quand ton esprit se plonge,

Ne te semble-t-il pas revivre en un beau songe

     Ces jours, dans la nuit disparus?

A peine tous les deux nous commencions la vie,

La douleur t'attendait, sur ta route fleurie,

    A l'horizon de l'avenir;

Moi, déjà bien souvent, j'avais lutté contre elle,

Et lorsque du départ vint l'heure solennelle,

    Beaucoup manquaient pour me bénir.

Un soir, dans le Liban, nous dressâmes la tente

Auprès d'un champ des morts où, sous l'ombre flottante

    Que dessinent les oliviers,

Des tombeaux se cachaient, ornés de fleurs vermeilles,

Et que nos yeux surpris prenaient pour des corbeilles,

    Parmi les touffes de lauriers.

La brise murmurait dans une nuit sereine,

Un brouillard transparent, qui monte de la plaine,

Fondait en pleurs sur nos burnous,

La ville arabe au loin disparaissait dans l'ombre,

Et les chacals, rôdant sous le feuillage sombre,

Aboyaient tout autour de nous.

Mais voici qu'au moment où paraît l'aube pâle,

Enveloppant des tons indécis de l'opale

Les cimes du chauve Liban,

Du fond noir des cyprès qui bordent les allées,

Se détachent soudain quelques formes voilées

Toutes blanches sous leur turban.

Dans l'herbe où la rosée en fraîches larmes tombe,

O femmes, vous veniez vous asseoir sur la tombe

Où sommeillent vos morts chéris;

Puis fixant vos regards sur le ciel qui s'éclaire

A genoux, et les bras tendus vers la lumière,

Vous les appeliez à grands cris!

O superstition sublime et consolante!

Vous croyez que ces morts, dont l'âme encor présente

Plane auprès de vous dans les airs,

Viennent à votre appel, aux clartés de l'aurore

Saluer sur les fleurs le soleil qui les dore,

Papillons d'un autre univers!. .

Il vous semble les voir, dans votre sainte extase,

Posés sur un calice ainsi qu'au bord d'un vase,

O femmes, et vous leur parlez...

On a partout des fleurs, partout on a l'aurore,

Pourquoi ne pourrions-nous les rappeler encore

Nous aussi, nos morts envolés?...

Ah! si l'ombre qui fuit devant l'aube nouvelle,

Pouvait loin d'ici-bas emporter avec elle

    Et mes prières et mes chants,

Peut-être, ô morts aimés, ces chants et ces prières

Pour monter jusqu'à vous traverseraient les sphères

    Des insondables firmaments?

Peut-être, au fond des cieux si vous pouviez m'entendre,

Dans un rayon du jour je vous verrais descendre

    Sur les fleurs de votre tombeau,

Et là, dans la clarté du matin qui s'éveille,

Vous viendriez tout bas me redire à l'oreille

    Mon passé si calme et si beau?

Près de vous, oublieux du temps et de l'espace,

J'irais bientôt plonger, de la terre où tout passe,

Dans l'infini des visions,

Tandis qu'à votre voix, volant à tire-d'aile,

Remonteraient du fond de la nuit éternelle

Mes souvenirs, blancs alcyons!

UN FRUIT

UN FRUIT

Dans un jardin il est un fruit;

L'arbre géant qui le produit

De mes efforts n'a rien à craindre,

Plus j'approche et plus je comprends

Combien sont grands

Ceux dont la main a pu l'atteindre.

4.

Je donnerais mes jeunes ans,

Les plus beaux jours de mon printemps,

La moitié même de ma vie,

Mes plus douces illusions,

Les visions

Qui flottent dans ma rêverie ;

Je donnerais tout mon bonheur,

La meilleure part de mon cœur,

Celle que l'amour eût choisie,

Pour goûter ce fruit odorant,

Plus enivrant

Que le nectar et l'ambroisie ;

Mais j'ai beau tendre mes deux bras,

Il est trop haut, je ne peux pas

Atteindre à la branche bénie

Où se balance sous les cieux

Devant mes yeux

Ce fruit qu'on nomme le génie.

LE GIVRE

LE GIVRE

J'aime, sous un ciel d'azur

Toujours pur,

Voir une brume légère

Danser le long du chemin

Le matin

Dans un rayon de lumière.

J'aime à voir les pommiers blancs,

Frémissants

Sous une brise odorante

Qui de leurs fleurs à son gré,

Dans le pré,

Émaille l'herbe naissante.

En automne, j'aime à voir

Un beau soir

Déployant son ombre pâle,

Où s'éteignent dans les cieux

Tous les feux

Du couchant teinté d'opale ;

Mais ce qui me plait encor

Bien plus fort,

C'est une belle gelée,

Quand d'un manteau de frimas,

Sous mes pas,

La plaine semble voilée.

Ainsi qu'un lustre en cristal

Colossal,

L'arbre de clartés ruisselle,

Et chaque rayon vermeil

Du soleil

Y suspend une étincelle.

Les sentiers et les ravins

Sont tout pleins

De fils blancs qu'un souffle entraîne,

Puis tout change quand midi

Dégourdi

Exhale sa tiède haleine.

Alors du moindre glaçon

Qui se fond

Tombe une humide rosée,

Blanche perle scintillant

En tremblant,

Sur chaque branche posée.

Or rêvant au fond des bois,

Quand je vois

Briller sur la feuille morte

Ces fraîches gouttes de pleurs,

Qu'en vapeurs

Le soleil bientôt emporte,

Je pense à nos jeunes ans,

A ce temps

Où notre cœur est de glace,

Où nous ignorons encor

Quel trésor

L'amour, en secret, y place ;

Comme l'ardeur de midi

Vient ici

De l'hiver rompre le charme,

Au cœur il suffit des feux

De deux yeux

Pour qu'il en tombe une larme !

UN VŒU

IMITÉ D'ANACRÉON

UN VŒU

Pourquoi ne suis-je ton miroir,

O belle enfant! je pourrais voir

Tes yeux m'y sourire sans cesse,

Le soir à l'heure où tu t'endors

Et le matin, lorsque tu tords

    Ta blonde tresse.

Que ne suis-je la goutte d'eau,

Perle qui roule sur ta peau

Quand tu sors d'une onde embaumée,

Ou le lin dont le blanc tissu

Peut la boire sur ton flanc nu,

Ma bien-aimée!

Que ne suis-je le brodequin

Où de ton petit pied mutin

Le contour cambré se dessine,

Quand au bois pour faire un bouquet,

Tu t'en vas cueillir le muguet

Et l'églantine?

Que ne suis-je un collier d'or fin

Pour mieux baiser ton jeune sein

Sans que tu saches que je t'aime?

Pour te le dire un jour tout bas,

Hélas! pourquoi ne suis-je pas

L'amour lui-même?

LES COLOMBES

LES COLOMBES

Pour fuir les feux ardents du jour

Qui versaient un long flot d'amour

Sur la nature vierge encore,

Ève, à l'ombre d'un lilas blanc,

Livrait aux caresses du vent

Son front qu'un gai rayon colore.

6

Dans l'air ruisselant de clarté

Montait aux cieux l'hymne encha

De la création féconde,

Et la séve des jeunes ans

Partout comme l'eau des torrents

Coulait dans les veines du monde.

Les oiseaux chantaient dans les bois

Et mille bruits confus de voix

Sortaient des buissons et des plantes,

Et les insectes, au soleil,

Flottaient en tourbillon vermeil

Au-dessus des fleurs odorantes.

Mais dans cet éblouissement,

Dans ce premier balbutîment

De l'univers ivre de vie,

Ève seule pleurait, hélas!

L'Éden interdit à ses pas

Et l'immortalité ravie!

Le souvenir des jours heureux

Se déroulait devant ses yeux,

Tout plein de calme et de lumière,

Quand soudain un léger sommeil

Se pose, au papillon pareil,

Sur les cils d'or de sa paupière.

Or voici ce qu'elle rêva :

Sous les regards de Jéhovah

Quittant leur ombreuse retraite,

Le ciel, leurs amours et leurs nids

Les colombes du Paradis

Viennent voltiger sur sa tête ;

Et puis chacune tour à tour

S'approche et sur le frais contour

De sa lèvre entr'ouverte à peine

Dépose un baiser et s'enfuit

Et comme un nuage, sans bruit,

De l'azur traverse la plaine.

Mais restant seules en ces lieux

Et roucoulant, couple amoureux,

Sur un rameau tout auprès d'Ève,

Deux colombes laissent partir

Le blanc cortége qu'un zéphyr

Dans les airs doucement soulève :

« Femme, disent-elles tout bas,

« O belle Èvè, ne pleure pas ;

« Nos sœurs remportent avec elles

« Loin de ces lieux déshérités

« Les célestes félicités,

« Mais nous, nous te restons fidèles !

« Femme, laisse partir nos sœurs,

« Puisque, touché de tes douleurs,

« Dieu nous permet, dans sa clémence,

« De charmer ton triste séjour.

— « Moi, dit l'une, je suis l'amour, »

« Et moi, dit l'autre, l'espérance ! »

6.

BILLET

BILLET

Vous trouvez, ô ma bien-aimée,

Que je suis triste avant le temps;

Aux doux échos des jeunes ans

Mon âme est, dites-vous, fermée.

Je ne vois pas devant mes yeux

Glisser tous ces charmants fantômes,

Folle poussière, gais atomes,

Illusions des jours heureux,

Beaux mirages de l'espérance

Qui se dessinent dans les cieux

Aux regards charmés de l'enfance...

Hélas, hélas! est-ce donc vrai?

J'aurai pu vivre sans jeunesse,

Et sans qu'un regard de tendresse

Trahisse pour moi son secret!

Mais non! il en est temps encore;

Parfois les brumes de l'aurore

Se dissipent aux feux du jour,

L'avenir me sourit peut-être,

Et peut-être heureux à mon tour,

C'est moi qui vous ferai connaître

Le pouvoir d'un seul mot d'amour.

LA MUSE EN FUITE

LA MUSE EN FUITE

Tu m'as donc quitté pour toujours,

Muse inconstante que j'implore?

Les jours en vain suivent les jours,

Et j'espère et j'écoute et n'entends rien encore.

Mon pauvre cœur, tout plein d'ennui,

Ne peut vivre que sous ton aile,

Pour t'envoler si loin de lui

Que t'ai-je donc fait, infidèle?

La brise me parle de toi,

Aussi le vent, aussi l'orage,

L'univers entier n'est pour moi

Que le reflet charmant de ta divine image !

Et toutes mes belles amours,

Ivresse des jeunes années,

Éclosions des premiers jours

Qui ne sont pas encor fanées,

Tous mes rêves je les entends :

« Reviens, reviens, semblent-ils dire,

« O muse, voici le printemps,

« Et nous ferons vibrer les cordes de ta lyre! »

LA STATUE

LA STATUE

A Smyrne, la ville aux cyprès,

La perle noire de l'Asie,

Où peuplant l'ombre des forêts,

La mort même a sa poésie,

Et sous des rosiers toujours frais

Dissimulant l'horreur des tombes,

Abrite en leurs buissons discrets,

L'amour roucoulant des colombes;

7.

A Smyrne, où mon âme a goûté

La molle et douce volupté

Dont l'air d'Orient nous enivre,

Demi-sommeil plein de clarté

Où l'on rêve en se sentant vivre,

Où le souffle embaumé des fleurs,

Le bruit argentin des fontaines,

Les vents imprégnés de langueurs,

Endorment au fond de nos cœurs

L'écho des tristesses humaines!...

A Smyrne, il est un beau jardin,

Ombreux et calme, où le matin,

A l'heure où l'aube diaphane

Estompe le ciel de carmin,

J'allais m'asseoir sous un platane,

Arbre immense, vainqueur du temps,

Et qui trente fois séculaire,

Prêta, dit-on, au vieil Homère

L'abri de ses rameaux naissants.

C'est là que jadis souveraine,

Le front couronné de verveine,

De myrtes et de fleurs des champs,

Dans son temple où brûle l'encens,

Régnait Vénus Ionienne,

Et la troupe des amoureux

Venait, chaque saison nouvelle,

Immoler une tourterelle

A la déesse de ces lieux.

Or donc, admirez le prodige!

On ne retrouve plus vestige

Des marbres du parvis sacré;

Le temps, bizarre en ses caprices,

A pour jamais dénaturé

L'autel témoin des sacrifices,

Mais il a respecté toujours

La statue aux chastes contours

De la déesse des Amours.

Deux belles sources murmurantes,

Près de l'arbre, dans le jardin,

Forment un clair et frais bassin;

Le bambou, les vertes acanthes,

Le laurier-rose, le jasmin

S'inclinent sur ses eaux dormantes,

Où la folle brise au hasard

Promène les feuilles flottantes

Et les fleurs d'or du nénuphar.

Tout au fond Vénus est couchée

Sur le sable, dans les roseaux ;

Près d'elle, doucement penchée,

S'épanouit la fleur des eaux ;

Le soleil, tamisé par l'onde,

Prête une vague teinte blonde

Aux longs rouleaux de ses cheveux,

On dirait que Phébus encore

Vient sur ce beau front qu'il colore

Déposer le baiser des Dieux.

Le moindre souffle de la brise

Trouble son image indécise,

Elle rêve, et de ses grands yeux

Remplis de tristesse éternelle

Elle voit s'enfuir devant elle,

Les siècles dans l'azur des cieux !

O statue, ô dernière image

Des jours à jamais disparus,

Fille adorable d'un autre âge,

J'admirais, dans ce frais bocage,

Les traits divins de ton visage

Sous les eaux à demi perdus ;

Et là, fragile créature,

Dans l'océan de la nature

Je songeais que Dieu m'a jeté,

Comme dans cette onde, ô statue,

Jadis une main inconnue

Plongea ton marbre culbuté.

Toujours sur la céleste plaine

Comme toi je fixe mes yeux,

Du zéphyr la plus faible haleine

Te voile sa clarté sereine,

Et moi, je la distingue à peine

Au travers des flots orageux !

Mais le temps fuit, et tu demeures,

Des siècles tu braves l'effort,

Alors que l'homme dans la mort,

S'anéantit en quelques heures!...

— Oses-tu maudire ton sort,

Murmure tout bas la déesse,

Insensé, qui devrais sans cesse

Bénir cette mort vengeresse,

Ton espoir et ta liberté!

Car tandis que, brisant sa chaîne,

Ton âme ira, léger phalène,

Loin de la sombre nuit humaine,

Chercher Dieu dans l'éternité ;

Sous ces eaux dont le poids m'accable,

Couchée à jamais sur le sable,

En vain interrogeant l'azur,

Moi, je verrai, froide matière,

Chaque jour en limon impur

Se fondre un peu de ma poussière !

LE MESSAGE

CHANSON BASQUE

.

.   .

LE MESSAGE

Oiseau qui dans ce ciel d'hiver

T'enfuis, ne vois-tu pas dans l'air,

Les brumes que le vent rassemble?

La neige encor couvre les monts,

Attends l'été, nous partirons

Tous deux ensemble!

La neige, ami, ni les frimas

Dans mon vol ne m'arrêtent pas

A travers les célestes plaines;

Car de froid je grelotte ici

Et vais aux brises du midi

Demander de tièdes haleines.

Oiseau qui fuis vers le ciel bleu,

Sur ta route accomplis un vœu

Que je n'ose accomplir moi-même,

Choisis un pur et frais matin

Et va trouver dans son jardin

    Celle que j'aime.

Cette femme, je la connais,

A ton bras tu la promenais

Dans les sentiers de la prairie,

L'amour, caché parmi les fleurs,

Unissait vos deux jeunes cœurs

Dans une même rêverie.

Oiseau qui fuis vers le soleil,

Hélas! d'un bonheur sans pareil

Ne me rappelle pas l'ivresse!

Ils sont passés ces heureux jours

Et cependant d'aimer toujours

J'ai la faiblesse!

Ami, pourquoi ce désespoir?

Dans tes sentiers tu peux revoir

Celle qui t'est si chère encore;

Malgré l'hiver et ses frimas

8.

J'irai lui rappeler tout bas

Ce que vaut le cœur qui l'adore !

Oiseau qui sur l'aile des vents

T'enfuis vers des cieux plus cléments,

Dis-lui que je lui suis fidèle,

Que tous mes rêves, mes soupirs,

Tous mes chants, tous mes souvenirs,

S'en vont vers elle !

Espère, ami, je parlerai,

Alors peut-être je saurai

Quel charme tient ses lèvres closes...

Mais je m'attarde en t'écoutant,

Et, bien loin, ma compagne attend

Sous un buisson de lauriers-roses.

MON AME

MON AME

Mon âme qui toujours n'aima que la lumière
　　La beauté, les chants et l'azur,
Ne voudra pas, dans l'ombre à jamais prisonnière,
　　Me suivre en un sépulcre obscur;

Mais empruntant leur forme aux larmes de l'aurore,
　　Elle ira, par un ciel d'été,
Se poser, goutte d'eau, sur la fleur qu'elle adore,
　　Sur une fraîche rose-thé.

Là dans la nacre et l'or des corolles écloses,

Elle attendra qu'aux feux du jour,

Un rayon de soleil sur la reine des roses

La boive en un baiser d'amour.

UN CHANT DES DERVICHES

UN CHANT DES DERVICHES

Mon cœur souffre du mal d'amour!

Le sommeil a fui ma paupière,

Jour que j'attends en vain, quand viendras-tu, beau jour

Où paraîtra dans ta lumière,

Celui pour qui mon cœur souffre du mal d'amour?

Pendant mes heures d'insomnies,

L'absence fait mourir l'espoir,

Et comme d'un collier les perles désunies

Roulent mes larmes, quand le soir

Ramène tristement mes heures d'insomnies ;

Blanche colombe, réponds-moi :

Pourquoi, dans la brise qui passe,

Gémir? Ton bien-aimé serait-il loin de toi,

Ou ton vol manque-t-il d'espace?

Blanche fille des airs, colombe, réponds-moi.

Et l'oiseau me dit : Notre peine

Vient de même source, l'amour.

Mon âme, dans la nuit, attend comme la tienne

· Du bien-aimé le doux retour !

L'amour est dans nos cœurs même source de peine.

LES AIGLES DE TYR

LES AIGLES DE TYR

I

Nos chevaux foulaient sur le sable

L'écume, poussière impalpable

Que le vent arrachait au flot,

La mer était phosphorescente,

Et jusqu'à nos pieds frémissante,

Expirait dans un long sanglot.

9.

Les rayons d'un soleil d'automne,

Dans un ciel d'un bleu monotone

Depuis l'aube dardaient sur nous,

Brûlaient le front, les yeux, la lèvre,

Et glissaient un frisson de fièvre

Sous le blanc tissu des burnous.

La senteur des grèves marines

Apre et sèche, dans nos poitrines

Allumait, pour comble de maux,

La soif qu'attise l'eau fétide

Qu'on puise à l'outre bientôt vide

Pendue aux selles des chevaux;

Et puis enfin, la solitude,

L'isolement, la lassitude,

Ah! combien à chacun de nous

Tout cela faisait trouver doux

Le retour de l'heure charmante

Où bercés par la douce attente

Du repos mérité du soir,

Nous voyions, à la nuit tombante,

S'allumer au loin sous la tente

Notre lampe, étoile tremblante

Sur le bord de l'horizon noir!

— Nous avions quitté dès l'aurore

Sidon, la ville aux bananiers,

Et déjà, dans les feux derniers

Du couchant qui se décolore,

Pâlissent les dunes de Tyr,

Que le sable dispute encore

Au flot qui veut les engloutir.

II

Mais l'ombre des beaux soirs d'Asie,

Claire et pleine de poésie,

Ressemble à ces voiles discrets,

Où, sous le réseau de dentelle,

La femme qui se sait plus belle

Dissimule à demi ses traits.

Elle vient, cette ombre sereine,

Prêter une grâce incertaine

Aux vieux murs qu'on distingue à peine

Au milieu des sables mouvants,

Et par un étrange mirage,

Réparant le triste ravage

De la main de l'homme et du temps,

Rendre un instant, pour la pensée,

Leur forme à jamais effacée,

Leur orgueil, leur splendeur passée

A de vagues débris croulants!

III

Te voilà donc, ô vieille reine

De l'empire azuré des mers ;

Comme un vol d'oiseaux dans les airs,

Des quatre coins de l'univers,

Les vaisseaux, que le vent entraîne,

Accouraient sur l'humide plaine

Vers tes bords aujourd'hui déserts.,

Dans tes chantiers, le long des grèves,

Mille esclaves, sans paix ni trêves,

Sous ton joug, ô puissante Tyr,

Équarrissaient le tronc des chênes,

Et sur les flancs de tes carènes

Clouaient les sapins de Sénir.

L'Égypte, pour former tes voiles,

T'apportait le lin de ses toiles,

Tes rames venaient de Basan,

Tes mâts, pour braver les orages,

Tu les prenais dans les nuages

Parmi les cèdres du Liban !

Et les couleurs bariolées

De mille poupes étoilées

Dans tes ports sans nombre mêlées,

Ressemblaient à ces fleurs des champs,

Dont les glaneuses dans les herbes,

S'en vont cueillir les fraîches gerbes

Aux premiers soleils du printemps !

Et ton orgueil était immense,

Et des bords où le jour commence

Bien loin, à l'orient des cieux,

Jusqu'à cette mer inconnue

Où Thétis sur sa gorge nue

Presse son amant radieux,

Dans le nord, où l'hiver domine,

Au midi que le feu calcine,

Partout, dans l'univers dompté,

Cité folle, ville impudique,

Tu faisais glisser la tunique

Des flancs de Vénus Astarté !

IV

Mais Dieu te voit, et sur la terre

Allumant les feux de la guerre,

Il fait accourir à sa voix

Tous ceux que ton joug exaspère,

Et se ruer comme un tonnerre

Les escadrons poudreux des rois.

La mer se soulève elle-même,

Et ses flots, comme l'anathème,

Viennent cracher sur tes remparts,

Briser tes flottes innombrables,

Et couvrir du manteau des sables,

O morte! tes membres épars!

V

Puis tout le long de tes rivages,

Une voix, parmi les orages,

Crie à tes peuples éperdus :

« Voici que l'Éternel se venge !

« Tyr avait roulé dans la fange,

« Tyr avait péché, Tyr n'est plus.

Soudain, cette voix de colère,

Comme le fracas du tonnerre

Gronde et réveille dans son aire

Un des aigles du vieux Liban,

Et l'aigle à la vaste envergure

Plongeant soudain dans l'ouragan,

Flaire l'exhalaison impure

Des cadavres en pourriture

Qu'apporte le souffle du vent.

Sur ces bords Dieu le fait descendre,

Et lui montrant la ville en cendre :

« Aigle, lui dit-il, va chercher

« Dans la nuit des profonds abîmes,

« Aux flancs des monts et sur leurs cimes,

« Dans les crevasses du rocher,

« Dans les forêts, dans les clairières,

« Aigle, va-t'en chercher tes frères,

« Et qu'ils étreignent sous leurs serres

Tyr que ma main vient de toucher! »

Et l'aigle prend son vol; il plane

Plus haut que les plus hauts sommets,

Dans l'atmosphère diaphane

Où la brume n'atteint jamais,

Et là, les deux ailes tendues,

Le cou droit et les yeux en feu,

Il jette aux claires étendues

L'ordre formidable de Dieu.

Alors s'élancent de l'aurore,

Du couchant, du nord, du midi,

Des aigles noirs, au cri sonore,

Des aigles, des aigles encore,

Tout l'azur en est obscurci;

Puis, comme la trombe qui crève,

Les voici tous qui sur la grève

10.

Fondent en tournant mille fois

Jusqu'à ce que leur griffe enserre

La dune où dorment sans suaire

Tyr, ses Dieux, son peuple et ses rois!

VI

Ainsi perdus dans nos grands rêves,

Nous marchions, le long de ces grèves,

Bercés par la voix de la mer,

Quand un grand aigle à l'aile sombre

Vient sur nos fronts planer dans l'air,

Suivi d'autres aigles sans nombre

Seuls habitants de ce désert.

Ils vont et viennent dans l'espace,

Glissant sur la brise qui passe,

Comme un nuage que déplace

Un invisible tourbillon,

Ou comme un troupeau de fantômes

Échappé des sombres royaumes

Où les morts, poussière d'atomes,

Flottent dans l'abîme sans fond.

Parfois un cri rauque, sauvage,

Parmi les rochers, sur la plage,

Se mêle au bruit plaintif des flots,

Et puis, sans que rien lui réponde,

Il va se perdre au loin sur l'onde,

Dans la solitude profonde

De la mer, qui n'a pas d'échos !

Entre deux nuages, la lune,

Sur l'ocre pâle de la dune

Dessine en noir leur vol hideux,

Tandis que ses rayons funèbres

Éclairent, parmi les ténèbres,

Le cercle qu'ils tracent aux cieux.

Ce cercle étrange, il nous fascine,

Nous le sentons sur la poitrine

Peser comme le cauchemar,

Il nous semble qu'il se resserre

Et va bientôt, rasant la terre,

Nous enfermer de toute part !

VII

Oiseaux des vengeances divines,

Geôliers des grands peuples déchus,

Je croyais, loin de vos ruines,

Jamais ne vous rencontrer plus,

Et dans mes courses fugitives

Allant chercher de nouveaux cieux,

J'espérais, en quittant ces rives,

Vous dire d'éternels adieux!

Hélas! dans une nuit obscure

Des longs hivers de mon pays,

Tandis que l'aride nature,

Sous la neige et sous la froidure,

Tordait ses membres engourdis,

Dans l'ouragan, dans la rafale

Qui se heurtaient sans intervalle

Au milieu de l'immensité,

Nuit que je craignais sans aurore!

J'écoutais par le vent porté

Un fracas plus terrible encore

Que celui du ciel irrité.

O ma patrie inconsolable,

C'était tes sanglots et tes cris

Lorsque, Niobé misérable,

Tes pieds trébuchaient dans le sable

Sur les cadavres de tes fils!

Et je te voyais, haletante,

Ton œil vers les cieux pleins de nuit,

Regardant si dans la tourmente

Quelque fanal n'aurait pas lui !...

C'est alors que battant des ailes

Sous le choc furieux des airs,

Tout blancs de l'écume des mers,

Et dardant leurs fauves prunelles

Dans l'ombre, où vient s'appesantir

Leur masse toujours grandissante,

J'aperçus, glacé d'épouvante,

Sur ma patrie agonisante

Passer les grands aigles de Tyr !

LES PAUVRES D'ESPRIT

LES PAUVRES D'ESPRIT

O vous les vrais heureux pour qui la main du sort

Trace amoureusement, de l'enfance à la mort,

    Un sentier plat et monotone,

Qui, voyageurs tardifs sous un ciel toujours gris,

Parvenez, sans avoir en chemin rien appris,

    Au but obscur que Dieu vous donne;

Vous qui ne sentez point les cailloux sous vos pas,

Que la souffrance effleure et ne déchire pas,

    O médiocrités sereines,

Troupeau docile au chien, qui chemine à pas lents,

Et revient chaque jour, du printemps au printemps,

    Brouter l'herbe des mêmes plaines;

Éternels ennemis des chercheurs d'idéal,

Vous qui par peur du mieux laissant faire le mal,

    Traitez le progrès de chimère,

Oui, les pauvres d'esprit, vous êtes les heureux,

Jésus, comme aux enfants, vous a promis les cieux

    Quand déjà vous avez la terre!

Nous rêveurs, nous souffrons de l'ennui des bannis.

Dans l'azur constellé d'univers infinis,

Notre muse reçoit la vie,

Puis l'ordre du destin l'emprisonne en nos cœurs,

Et là, triste exilée, elle arrose de pleurs

Le souvenir de sa patrie!

LES FLEURS EMPOISONNÉES

LES FLEURS EMPOISONNÉES

Seigneur, pourquoi permettre aux plantes vénéneuses

De souiller de leurs fleurs nos bois et nos gazons,

De livrer aux baisers des brises amoureuses

  Le suc mortel de leurs poisons?

Tu leur donnes, Seigneur, ton soleil, ta rosée,

De riches vêtements d'or, de pourpre, d'azur,

Et des parfums exquis, dont l'haleine embrasée

  Ressemble à l'encens le plus pur;

Quand la terre reçoit leur semence féconde,

Elle entr'ouvre ses flancs comme pour un trésor,

Et tu laisses couler des mamelles du monde

    La séve de ces fleurs de mort!

Et puis, dans la clarté de l'aurore, l'abeille,

Les oiseaux babillards, tous les hôtes de l'air,

Tous les fils du printemps, tout ce qui se réveille

    Du sombre sommeil de l'hiver,

La demoiselle verte aux deux ailes de gaze,

L'insecte cuirassé de nacre ou de saphir,

Au-dessus de ces fleurs suspendus en extase,

    Viennent s'enivrer et mourir!

Nous aussi, nous allons, au jardin de la vie,

Butiner à vingt ans parmi les fleurs d'amour,

Leur parfum est si doux à l'âme épanouie,

    Puis la jeunesse n'a qu'un jour...

Celui qui nous dirait que ce monde est perfide,

Que la vertu sans tache est un songe ici-bas,

L'espoir une chimère et l'amour un mot vide,

    O fous ! nous ne le croirions pas !

La beauté devant nous apparaît sans souillure,

Nulle ombre ne la voile et nous y cherchons Dieu,

Et l'ardeur de notre âme éclaire la nature

    Comme la nuit, un astre en feu !

Mais la réalité, faucheuse impitoyable

De la riche moisson des champs de l'idéal,

Sous les épis coupés, nous fait toucher le sable,

  Où se plaisent les fleurs du mal...

Alors si du poison que ces fleurs ont en elles

Une goutte, un instant, nous glisse sur le cœur,

Si nos sens, envahis par des langueurs mortelles,

  Cèdent à leur pouvoir vainqueur,

Ah! quand vient le réveil, le ciel nous paraît sombre,

Le soleil, dans la brume est noyé pour toujours,

Et nos rêves dorés ont disparu, dans l'ombre,

  Au seuil glacé des mauvais jours;

Nous errons, égarés dans la forêt du doute,

Livides, grelottant, les yeux ternes, hagards,

Et la mort, à vingt ans, nous trouve sur sa route

Épuisés comme des vieillards!

Oh! ne laissons jamais notre âme épanouie

Dans l'air pur qui l'entraîne aux champs de l'idéal,

Souiller, beau papillon du jardin de la vie,

Son aile d'or aux fleurs du mal!

ADIEU

ADIEU

Quand du sommet d'un mont que la tempête assiége,

Roule un torrent gonflé par la pluie et la neige,

De rocher en rocher bondissant dans la nuit,

Et quand sur la vallée, où la verte prairie

Se couvre du manteau des ondes en furie,

Il passe terrible et s'enfuit,

12.

Qu'importe au malheureux qui retrouve à l'aurore

Ses champs bouleversés, qu'un gai soleil les dore,

Que le vent du matin ait balayé les cieux,

L'implacable beauté de la grande nature

A son écrasement lui semble faire injure,

     Il se tait et ferme les yeux!

Et moi, dans le fracas d'un vieux monde qui croule,

Je voudrais, solitaire au milieu de la foule,

Chanter les fleurs, les bois, la brise et le printemps,

Et candide amoureux de l'antique génie,

Pour retrouver l'écho de sa pure harmonie,

     Plonger dans l'abîme du temps.

Non, ma muse! Ta voix ne charme plus les hommes.

C'est un siècle de fer que le siècle où nous sommes,

L'espoir se meurt, l'oubli glace le souvenir,

Et les peuples, hantés de chimères stériles,

Consument au brasier de leurs guerres civiles

    Les semences de l'avenir!

Adieu, muse! Retourne aux voûtes éternelles,

Ah! que n'y puis-je aussi remonter sur tes ailes,

Oublier l'univers, être à toi pour jamais...

Partout dans mes beaux jours je retrouve ta trace,

Emporte-les, ces jours! Laisse-moi seul en face

    D'un monde affolé que je hais!

NOTES

SOUVENIR DE VOYAGE

A quelques heures de marche des cèdres du Liban, près du petit lac Birket-el-Yamounèh, la route est bordée de tombeaux d'une forme bizarre. Ce sont de grandes auges de maçonnerie, badigeonnées en blanc; la partie creuse est remplie de terre et plantée de belles fleurs.

Je fis remarquer à un jeune cheik qui m'accompagnait, le soin avec lequel ces petits jardins funèbres étaient entretenus. C'est, me répondit-il, la croyance des Arabes de ces contrées, que l'âme du défunt se pose à l'aurore sur les fleurs de sa tombe; les femmes, les amis viennent alors s'entretenir avec cette âme. Ils ne la voient pas, mais ils la savent présente, et l'éternelle séparation de la mort n'existe pas pour eux.

LA STATUE

Pendant mon séjour à Smyrne, je fus invité, par un Français
établi dans la ville, à aller voir sa maison de campagne à
Bournaba, village situé à une heure de marche environ. Mon
hôte me montra avec orgueil un platane immense sous lequel
on se plaisait à croire qu'Homère avait pu se reposer. Cet arbre
portait le nom de platane d'Homère. A ses pieds, s'étendait
une jolie pièce d'eau toute verte de plantes aquatiques. On me
dit qu'une statue de Vénus était couchée au fond de ce bassin
et qu'à certaines heures du jour, quand l'eau était calme et le
soleil un peu voilé, on pouvait distinguer les contours du marbre se détachant sur le fond sombre des roseaux. — On avait
tenté plusieurs fois de retirer de là cette statue, mais sans pouvoir y parvenir jamais.

LES AIGLES DE TYR

Les voyageurs qui ont suivi, comme moi, la route qui de Beyrouth à Saint-Jean-d'Acre longe le littoral de la mer, en passant par Sidon et Tyr, ont tous remarqué qu'en approchant de cette dernière ville, les rochers et les îlots de sable sont peuplés de grands aigles.

Voici en quels termes M. de Lamartine parle de ces aigles dans son voyage en Orient :

..... Quelque chose de grand, de bizarre, d'immobile, parut à notre gauche, au sommet d'un rocher à pic qui s'avance en cet endroit dans la plaine jusque sur la route des caravanes. Cela ressemblait à cinq statues de pierre noire, posées sur le rocher comme sur un piédestal; mais à quelques mouvements presque insensibles de ces figures colossales, nous crûmes, en approchant, que c'étaient cinq Arabes bédouins, vêtus de leurs sacs de poil de chèvre noire, qui nous regardaient passer du haut de ce monticule. Enfin, quand nous ne fûmes qu'à une cinquantaine de pas du mamelon, nous vîmes une de ces cinq figures ouvrir de larges ailes et les battre contre ses flancs avec un bruit semblable à celui d'une voile qu'on déploie au vent. Nous reconnûmes cinq aigles de la plus grande race que j'aie jamais vue sur les Alpes, ou enchaînée dans les ménageries de nos villes. Ils ne s'envolèrent point, ils ne s'émurent point à notre approche. Nous nous arrêtâmes à quarante pas : les aigles ne firent que tourner dédaigneusement la tête pour nous regarder aussi; enfin deux d'entre nous se détachèrent de la caravane et coururent au galop, leurs fusils à la main, jusqu'au pied du rocher; ils ne fuirent pas encore. Quelques coups de fusils à balle les firent s'envoler lourdement; mais ils revinrent d'eux-mêmes au feu, et planèrent longtemps sur nos têtes, sans être atteints par nos balles, comme s'ils nous avaient dit :

« Vous ne nous pouvez rien; nous sommes les aigles de Dieu. »

. . . .

I

Te voilà donc, ò vieille reine
De l'empire azuré des mers...

. . . .

5. Ils t'ont bàti tous les còtés des navires de sapins de Senir;
ils ont pris les cèdres du Liban pour te faire des màts.

6. Ils ont fait tes rames de chènes de Basan.....

7. Le fin lin d'Égypte, travaillé en broderie, a été ce que tu
étendais pour te servir de voiles.

Ézéchiel, ch. XXVII.

TABLE

TABLE

TABLE 152

Paris. — J. Clays, imprimeur, 7, rue Saint-Benoît. — [578]

IMPRIMERIE J. CLAYE
RUE SAINT-BENOIT 7
LABOR
PARIS